옆집 할머니는 마귀 할멈

SEOUL, 1998

옆집 할머니는 마귀 할멈

초판 제1쇄 발행일 1998년 12월 28일
초판 제75쇄 발행일 2022년 3월 20일
글 제임스 하우 그림 멜리사 스위트 옮김 김영진
발행인 박헌용, 윤호권 발행처 (주)시공사
주소 서울시 성동구 상원1길 22, 6-8층 (우편번호 04779)
대표전화 02-3486-6877 팩스(주문) 02-585-1247
홈페이지 www.sigongsa.com/www.sigongjunior.com

PINKY AND REX AND THE MEAN OLD WITCH
Text copyright ⓒ 1991 by James Howe.
Illustration copyright ⓒ 1991 by Melissa Sweet.
All rights reserved.
Korean translation copyright ⓒ 1997 by Sigongsa Co., Ltd.
This Korean edition was published by arrangement with
Atheneum Books for Young Readers, an imprint of Simon & Schuster
Children's Publishing Division through KCC, Seoul.

이 책의 한국어판 저작권은 KCC를 통해 Atheneum Books for Young Readers와
독점 계약한 (주)시공사에 있습니다. 저작권법에 의해
한국 내에서 보호받는 저작물이므로 무단 전재와 무단 복제를 금합니다.

ISBN 978-89-527-8680-7 74840
ISBN 978-89-527-5579-7 (세트)

*시공사는 시공간을 넘는 무한한 콘텐츠 세상을 만듭니다.
*시공사는 더 나은 내일을 함께 만들 여러분의 소중한 의견을 기다립니다.
*잘못 만들어진 책은 구입하신 곳에서 바꾸어 드립니다.

KC마크는 이 제품이 공통안전기준에 적합하였음을 의미합니다.
제조국 : 대한민국 사용 연령 : 8세 이상
책장에 손이 베이지 않게, 모서리에 다치지 않게 주의하세요.

옆집 할머니는 마귀 할멈

제임스 하우 글 · 멜리사 스위트 그림 · 김영진 옮김

시공주니어

차 례

엮집 할머니는 마귀 할멈

1.옆집 할머니는 마귀 할멈

"불공평해!"

핑키와 렉스는 핑키의 귀여운 여동생 아만다와 공
놀이를 하고 있었습니다. 늘 그랬듯이 아만다가 술래
였습니다.

"불공평하다니까!"

공이 머리 위로 휙 지나가자 아만다가 다시 한 번
소리를 질렀습니다.

"공을 너무 높이 던진단 말야."

"그게 다 작전이라구."

핑키가 공을 휙 던지며 말했습니다. 공은 렉스 뒤로 3미터쯤 멀리 날아가 떨어졌습니다.

"핑키! 잘 좀 던질 수 없겠니?"

렉스는 아만다가 공을 잡지 못하도록 급히 달려가 며 소리쳤습니다.

핑키는 어깨를 으쓱해 보였습니다.

"일부러 잘못 던진 게 아니야."

"모건 할머니네 정원으로 공이 굴러가면 어떡하려
고? 모건 할머니가 얼마나 고약하게 구는지 너도 잘
알잖니."

렉스가 짜증을 내며 말했습니다.

아만다는 혀를 쑥 내밀며 투덜거렸습니다.

"웩! 꼭 마귀 할멈 같다니까."

그 바람에 아만다는 또 한 번 공이 머리 위로 지나가는 것을 알아채지 못했습니다.

"쉿! 그렇게 큰 소리로 말하면 안 돼."

핑키가 아만다에게 주의를 주었습니다.

핑키는 렉스를 향해 팔을 들어올렸습니다. 그리고는 힘껏 공을 던졌습니다. 공은 하늘 높이, 아만다의 머리 위로 날아갔습니다. 아만다는 고개를 젖히고 하늘을 올려다보았습니다. 렉스도 고개를 젖히고, 공이 날아가는 모습을 바라보았습니다.

"아, 안 돼!"

렉스는 공이 떨어질 위치를 짐작하고 소리쳤습니다.

공은 렉스네 옆집, 그러니까 바로 모건 할머니네 정원에 떨어지고 말았습니다. 공은 데구루루 몇 미터를 더 굴러가 멈추었습니다.

핑키와 렉스는 서로 멍하니 얼굴을 쳐다보았습니다. 아만다는 핑키와 렉스 사이에서 이리저리 고개를 돌리며 주위를 살펴보았습니다.

"이제 어쩔 거야?"

아만다가 참지 못하고 말했습니다.

"난 저기 안 가. 너희도 알다시피 난 바로 옆집에

살고 있다구. 그 동안 충분히 혼나 봤단 말야."

렉스가 고개를 절레절레 흔들며 말했습니다.

"아만다, 왜 날 쳐다보니?"

핑키가 동생을 보며 쭈뼛거렸습니다.

"무서워서 그러지?"

"절대로 그런 건 아니야."

하지만 핑키는 그 자리에서 꼼짝도 하지 않았습니다. 렉스도 마찬가지였습니다.

"덩치만 큰 겁쟁이들! 꼭 겁많은 고양이 한 쌍 같애."

아만다는 렉스네 정원을 가로질러 재빨리 공을 향해 걸어갔습니다. 그런데 아만다가 공을 잡기가 무섭게 현관문이 벌컥 열렸습니다. 머리가 하얗게 센 할머니가 빗자루를 흔들며 와락 계단을 뛰어내려왔습니다.

"썩, 나가지 못해!"

할머니는 소리를 질렀습니다.

"내 집 정원에서 당장 나가란 말이다!"

아만다는 너무 놀라 공을 떨어뜨리고 잽싸게 도망쳤습니다. 그리고는 할머니가 집 안으로 사라질 때까지 입을 꼭 다물고 있었습니다.

잠시 후, 아만다는 기어들어가는 목소리로 말했습니다.

"못된 마귀 할멈 같으니라구."

2.공을 찾아서 적진 속으로

"아만다한테 그렇게 못되게 굴다니. 그 공은 우리 거란 말이야!"

렉스가 씩씩대며 말했습니다.

"경찰에 신고해 버리자!"

아만다가 소리쳤습니다.

"무슨 수를 써야만 해. 아마 이 세상에 모건 할머니 만큼 심술궂은 사람도 없을걸. 어쩌다가 정원에 한

발짝이라도 들여놓으면 당장 쫓아나와서 꼭 찌를 것
처럼 빗자루를 흔들어 대잖아."

"마귀 할멈이 틀림없어."

아만다는 렉스의 말에, 마치 빗자루가 증거라는 듯
이 말했습니다.

"내 생각엔 우리가 그냥 공을 새로 하나 사는 게 나
을 것 같아."

핑키는 한숨을 내쉬었습니다. 그러자 렉스가 소리
를 질렀습니다.

"안 돼! 저건 우리 공이고, 난 꼭 돌려받아야겠어."

렉스는 씩씩거리며 잔디밭을 가로질러 걸어갔습니다. 그리고는 깊게 심호흡을 하고서 모건 할머니네 정원에 성큼 발을 내디뎠습니다.

그런데…….

"경고했을 텐데!"

바로 그 순간 모건 할머니의 고함 소리가 들려왔습니다.

모건 할머니는 눈 깜짝할 사이에 빗자루를 꼭 쥐고, 무섭게 계단을 뛰어내려왔습니다. 그리고는 바로 렉스의 코앞에서 찌를 듯이 빗자루를 마구 흔들어 댔습니다.

"훠이 가라, 훠이 가."

모건 할머니의 눈에는 렉스가 성가신 파리쯤으로 보이는 모양이었습니다.

"어서 나가지 못해!"

렉스는 공을 들고 도망치며 소리를 질렀습니다.

"할머닌 정말 무지무지 못된 마귀 할멈이에요!"

모건 할머니는 렉스를 노려보았습니다.

"네 엄마한테 일러 주고 말테다. 한 번만 더 내 집
정원에 들어왔단 봐라. 경찰을 부르고 말테니까. 내
말 알아들었겠지!"

모건 할머니는 현관문을 쾅 닫고 집 안으로 들어갔

습니다.

핑키가 물었습니다.

"진짜로 경찰을 부를까?"

렉스는 고개를 가로저었습니다.

"그냥 그렇게 말하는 걸 거야."

아만다가 물었습니다.

"언니, 아줌마한테 야단맞을 것 같아?"

"그렇진 않을 거야. 우리 엄마도 모건 할머니가 어떤 사람인지 잘 알거든."

렉스와 핑키, 아만다는 잔디밭에 앉았습니다. 더 이상 공놀이를 하고 싶지 않았습니다. 잠시 동안 침묵이 흘렀습니다.

핑키가 입을 열었습니다.

"아무래도 할머니한테 본때를 보여 줘야겠어."

렉스도 눈동자를 빛내며 말했습니다.

"맞아, 우리도 할머니만큼 고약하다는 걸 보여 주자."

3.가장 멋진 복수는?

핑키와 렉스, 아만다는 모건 할머니를 골려 줄 만한 장난을 생각해 보았습니다.

렉스가 말했습니다.

"알았다, 할머니한테 전화를 걸어서 백만 불에 당첨됐다고 하는 거야. 그럼 좋아서 놀라 자빠지겠지. 그 때 다시 전화를 걸어서 거짓말이었다고 하는 거야. 어때, 재밌겠지? 하하하!"

"정말 재밌겠다."

아만다가 손뼉을 치며 좋아했습니다.

그러자 핑키가 손을 내저었습니다.

"말도 안 되는 소리! 게다가 할머니가 애들이 전화했다는 걸 모를 것 같아? 절대 안 믿을 거라구. 차라리 '할머니, 바보!' 라고 쪽지를 써서 현관문 아래로 밀어넣으면 어떨까?"

아만다는 핑키의 말에 깔깔대며 좋아했습니다.
"바보라는 건 너무 약해."
렉스가 말했습니다.
"포스터를 만들어서 온 동네에 붙이는 건 어때?"
핑키가 제안했습니다.
렉스가 물었습니다.

"그럼 포스터에는 뭐라고 쓰지?"

핑키는 생각만 해도 흥분이 되었습니다.

"'모건 할머니는 아이들을 미워해요' 라거나 '엘름 가에 사는 못된 마귀 할멈을 조심하세요!' 라고 쓰는 거지."

아만다는 자리에서 벌떡 일어나며 소리쳤습니다.

"이건 어때? '현상 수배. 살았건 죽었건 상관없음'."

"말도 안 돼."

렉스는 얼굴을 찡그렸습니다. 핑키도 어이없다는 표정을 지었습니다.

"아만다, 그건 좀 심한 거 아니니?"

그러자 아만다는 몹시 못마땅한 듯 팔짱을 끼며 말했습니다.

"언니랑 오빠는 정말 재미없어. 난 그런 포스터를 만들고 싶단 말야."

"하지만 넌 글도 쓸 줄 모르잖아."

핑키가 아만다에게 쏘아붙였습니다.

바로 그 때, 렉스는 우체부 프랭크 씨가 엘름 가를 따라 내려오는 것을 보았습니다.

"나한테 좋은 생각이 있어! 모건 할머니네 우체통에 끈끈이풀을 뿌려 놓는 거야!"

4. 끈끈이풀 작전

우체부 아저씨는 집집마다 우편물을 배달하고는 모퉁이를 돌아 사라졌습니다. 거리에는 아무도 없었습니다.

핑키는 한 번도 쓰지 않은 끈끈이풀 한 통을 손에 쥐고, 모건 할머니네 현관 계단을 향해 기어갔습니다. 살금살금 아주 조용히 움직였습니다. 할머니가 볼 수도, 발소리를 들을 수도 없을 정도로 조심조심

천천히 다가갔습니다.

렉스와 아만다는 렉스네 정원에 있는 덤불 숲에 숨어서 핑키를 지켜 보았습니다. 아만다는 터져 나오는 웃음을 참느라고 무척 힘이 들었습니다.

렉스가 낮은 목소리로 속삭였습니다.

"좋았어. 거의 다 갔어, 핑키."

핑키는 고개를 들었습니다. 우체통은 현관문 바로 왼쪽에 있었습니다. 우체통까지는 하나, 둘, 셋, 넷,

다섯 계단을 올라가야 했습니다. 우체통을 열다가 삐걱 소리가 나면 어떻게 하지? 누가 나를 보면 어떻게 하나? 핑키는 지금이 햇빛이 환하게 내리쬐는 대낮이 아니라 깜깜한 밤이면 얼마나 좋을까 생각했습니다. 당장 누군가 나타나서 '어머, 핑키! 너 뭐 하고 있는 거니?'하고 소리칠 것만 같았습니다.

핑키는 끈끈이풀 한 통을 손에 꼬옥 쥐고, 계단을 올라갔습니다. 하나, 둘, 셋, 넷, 다섯. 마침내 모건

할머니네 현관에 닿았습니다.

핑키는 거의 숨을 쉴 수조차 없었습니다. 먹이를 잡으려고 몰래 다가가는 고양이처럼 살금살금 기어갔습니다.

드디어 성공! 핑키는 모건 할머니네 우체통 바로 아래에 도착했습니다. 이제 똑바로 서서 우체통 뚜껑을 열고 *끈끈이풀*을 뿌리기만 하면……. 핑키는 모건 할머니의 우체통이 *끈끈이풀*로 엉망이 될 것을 상상하고는 혼자서 키득키득 웃었습니다.

바로 그 때, 집 안에서 무슨 소린가 들렸습니다. 핑키는 얼른 몸을 움츠렸습니다. 다행히도 그것은 텔레비전 소리였습니다.

핑키는 몰래 창문 너머를 들여다보았습니다. 모건 할머니는 무릎 위에 손을 포개고, 소파에 우두커니 앉아 있었습니다. 할머니는 텔레비전에는 눈길조차 주지 않았습니다. 그저 멍하니 허공을 바라보고 있었

습니다. 핑키는 어리둥절했습니다. 왜 그런지는 잘 모르겠지만, 문득 할머니에게 미안하다는 생각이 들었습니다.

"빨리 해!"

렉스가 덤불 속에서 재촉했습니다.

"도대체 뭘 기다리는 거야?"

아만다도 목소리를 낮추고 물었습니다.

핑키는 천천히 몸을 일으켰습니다. 모건 할머니의

우체통에 끈끈이풀을 뿌릴 순간이 다가왔습니다. 핑키는 다시 한 번 창문 너머를 바라보았습니다. 할머니는 왜 이렇게 화창한 날에 어두컴컴한 집 안에 우두커니 앉아 있는 걸까?

핑키는 조용히 숨을 죽이고 살금살금 계단을 내려왔습니다.

"할머니가 날 봤어, 들켜 버렸다구! 그렇지만 내일 다시 해 보는 거야!"

핑키는 렉스네 정원으로 돌아와 소리쳤습니다.

렉스는 모건 할머니네 집을 바라보며 고개를 갸웃
거렸습니다.

"할머니가 정말 널 봤다면 왜 쫓아나와 빗자루를
흔들어 대지 않는 거지?"

핑키는 그저 입을 꾹 다물고 있었습니다.

5.사랑의 쿠키 만들기

　그 날 밤, 핑키는 저녁 식사를 마치고 아빠와 쿠키
를 구웠습니다.
　"아빠, 길 건너에 사는 할머니 아세요?"
　핑키가 물었습니다.
　"모건 할머니 말이냐?"
　아빠가 고개를 들며 물었습니다.
　"네, 우리는 그 할머니를 마귀 할멈이라고 불러요."

핑키는 고개를 끄덕이며 대답했습니다.

"그건 버릇 없는 말이구나."

"저도 알아요. 하지만 모건 할머니는 정말로 못됐
어요. 오늘도 그 집 정원에서 쫓겨난 걸요. 우린 공을
주우러 갔을 뿐인데. 일부러 할머니네 정원으로 공을

던진 것도 아니라구요. 어쩌다 보니 그렇게 된 거죠. 그런데 할머닌 빗자루까지 흔들어 대며 쫓아나오는 거 있죠!"

"그랬니?"

핑키의 아빠는 오븐 뚜껑을 열고 다 구워 낸 쿠키 한 판을 꺼낸 다음, 다음 판을 집어 넣었습니다.

"너희들에게 빗자루를 흔든 건 할머니가 잘못하신 것 같구나. 하지만 아빠 생각엔 말이다, 사람들이 할머니를 화나게 하는 것 같다. 특히 아이들이 말이지.

조용히 내버려 두는 게 가장 좋은 방법일 텐데."

핑키가 진지하게 물었습니다.

"할머니는 왜 그럴까요? 뱃속에서부터 심술궂었을
까요?"

아빠는 웃음을 터뜨렸습니다.

"핑키, 태어날 때부터 나쁜 사람은 없단다. 때때로

인생이라는 것이 사람을 그렇게 만들어 버릴 뿐이지. 모건 할머니는 오래 전에 남편을 잃었단다. 게다가 자식도 없지. 할머니가 괴팍해 보이는 건 사랑을 나눌 사람이 아무도 남아 있지 않기 때문일 거야. 핑키, 아마도 할머니는 사랑하는 법을 잊으신 모양이구나."

6.핑키의 새로운 계획

다음 날, 핑키는 렉스와 아만다에게 모건 할머니에게 앙갚음할 새로운 계획이 있다고 말했습니다.

렉스가 물었습니다.

"그게 뭔데? 도대체 네 계획이라는 게 뭐지?"

핑키가 대답했습니다.

"보면 알아. 아주 깜짝 놀랄 만한 거야."

렉스는 핑키가 자그마한 갈색 봉지를 들고 있는 것

을 보았습니다.

"그 안에는 뭐가 들었니?"

핑키는 똑같은 말만 되풀이했습니다.

"보면 안다니까."

그러자 아만다가 칭얼거렸습니다.

"아이, 오빠. 궁금해 죽겠어. 거기에 뭐가 들었는지 좀 가르쳐 주라."

"벌레니?"

렉스가 콧잔등에 주름이 잡히도록 웃으며 물었습니다.

"쓰레기지?"

아만다는 제가 묻고도 재미있는지 킥킥거렸습니다.

핑키는 한마디로 대답을 끝냈습니다.

"따라오기나 해."

그리고는 모건 할머니 댁을 향해 걷기 시작했습니

다.

렉스가 소리쳤습니다.

"핑키! 할머니가 우리를 보면 당장 빗자루를 들고
달려나올 거야. 몰래 들어가는 게 훨씬 나을 것 같지
않니?"

그러나 핑키는 계속해서 걸었습니다. 심술궂은 마
귀 할멈의 집을 향해 똑바로 걸어가 현관 계단에 올

라섰습니다.

렉스와 아만다는 그 뒤에 멀찌감치 멈춰 섰습니다. 핑키가 왜 그런 행동을 하는지 이해할 수 없었습니다.

"아, 아무래도 큰일이 일어날 것 같아."

렉스가 신음 소리를 냈습니다.

핑키는 모건 할머니 댁 초인종을 눌렀습니다.

할머니는 현관문을 열더니 수상쩍다는 눈길로 핑키를 쳐다보았습니다.

"도대체 무슨 일이냐?"

할머니는 핑키를 잡아먹을 듯 노려보며 물었습니다. 그리고는 뒤에 서 있는 렉스와 아만다에게 눈길을 돌렸습니다.

"분명히 경고했을 텐데. 한 번만 더 내 집 정원에 발을 들여놓으면 경찰을 부르겠다고. 그럼 이제 그렇게 해야겠지!"

할머니가 막 현관문을 닫으려는 순간이었습니다.

핑키는 꿀꺽 침을 삼키고는 말을 꺼냈습니다.

"할머니께 드리려고 쿠키를 가져왔어요."

그 말에 모건 할머니는 물론, 렉스와 아만다까지 깜

짝 놀랐습니다.

"쿠키라구?"

할머니가 놀라 돌아서며 물었습니다.

"나보고 쿠키를 가지고 뭘 어쩌란 말이냐? 지금 나랑 장난하자는 거냐?"

핑키가 말했습니다.

"아니에요, 할머니. 아빠랑 저랑 어젯밤에 초콜릿 쿠키를 좀 구웠거든요. 할머니가 좋아하실 거라고 생각했어요."

모건 할머니는 어둠침침한 집 안에 꽤 오랫동안 꼼

짝 않고 서 있었습니다. 그런 다음, 삐걱 소리가 나도
록 문을 열고는 손을 내밀었습니다.

"이리 줘 보렴."

핑키는 조심스럽게 할머니에게 봉지를 건넸습니
다. 그리고는 할머니가 봉지를 열고 그 안을 들여다

보는 모습을 가만히 지켜 보았습니다.

"너희 아버지랑 네가 이 쿠키를 구웠단 말이냐?"

"네, 할머니."

"그리고 내가 이걸 먹었으면 좋겠다구?"

"네, 할머니."

할머니는 핑키를 물끄러미 바라보다가 다시 손에 든 봉지를 내려다보았습니다.

핑키는 할머니가 문을 닫고 집 안으로 들어가면서 중얼거리는 소리를 들었습니다.

"내, 내가 집에서 만든 쿠키를 얼마 만에 먹어 보는지……."

아이들은 아무 일 없이 렉스네 정원으로 돌아왔습니다.

아만다가 말했습니다.

"할머니는 오빠한테 고맙다는 말을 했어야 돼."

렉스도 한마디했습니다.

"예절바른 어른이라면 답례로 먹을 걸 좀 나눠 줘야 한다구."

아만다가 속삭였습니다.

"봤지? 모건 할머니는 진짜 마귀 할멈이야."

그러나 그 날 오후, 핑키가 할머니네 정원으로 공을 주우러 갔을 때, 모건 할머니는 쫓아나오지도 빗자루를 흔들어 대지도 않았습니다.

핑키가 공을 들고 오며 말했습니다.

"다음 번엔 아마 할머니도 고맙다는 말을 하실 거야. 우리를 집으로 초대하실지도 모르지."

"다음 번이라고?"

렉스가 물었습니다.

"물론이지. 나는 겨우 쿠키 여섯 개를 드렸을 뿐인걸. 지금쯤 새로운 쿠키 생각이 간절하실 거야."

핑키와 렉스는 동시에 모건 할머니 집으로 고개를 돌렸습니다. 할머니가 창가에 서서 이쪽을 바라보고

있었습니다.

　잠시 후, 핑키와 렉스, 아만다는 다시 공놀이를 시
작했습니다.

　늘 그랬듯이 아만다가 술래였습니다.

옮긴이의 말

핑키와 렉스, 아만다는 함께 공놀이를 즐기며 언제나 사이좋게 지냅니다. 그런데 지독한 방해꾼이 있습니다. 바로 모건 할머니죠. 상냥한 구석이라곤 조금도 찾아볼 수 없는, 마귀 할멈 같은 사람입니다.

모건 할머니 때문에 기분이 상한 세 친구는 신나는 복수극을 상상해 보았습니다. 과연 이 친구들이 생각해 낸 최고의 복수는 무엇이었을까요?

그것은 바로 달콤한 쿠키였습니다. 쿠키 안에 벌레를 넣은 것 아니냐고요? 천만의 말씀! 맛있고 달콤한 진짜 쿠키였습니다. 물론 쿠키 안에는 이웃을 사랑하는 아이들의 따뜻한 마음이 들어 있었지요.

우리 이웃에도 모건 할머니 같은 분이 계시지는 않을까요? 사랑이 부족한 할머니, 할아버지를 이해하고 감싸안을 수 있는 아름다운 사랑을, 여러분의 마음 속에서도 찾아보도록 하세요!

김영진